HARRIET · ASTRAIN

SIMON BRASLONG

La dernière chaîne

T.2

Éditions Glénat

Traduction : Anne-Marie Meunier
Lettrage : Jean-Pierre Tubetti

Réalisation Partenaires
Dépôt légal juin 1989

SAINT-SÉBASTIEN
– JANVIER 1895...
DON THOMAS IZAGUIRRE VIENT D'ARRIVER, MAÎTRE
FAITES-LE ENTRER...
J.H. GOÑI NOTARIOA
BONJOUR, MAÎTRE. IL FAIT UN TEMPS ÉPOUVANTABLE !
MON DIEU ! DANS QUEL ÉTAT VOUS ÊTES !
ENLEVEZ DONC VOTRE PARDESSUS. JE DEMANDERAI À MA SECRÉTAIRE DE LE FAIRE SÉCHER PRÈS DE LA CHEMINÉE PENDANT QUE NOUS PARLONS.
CE N'EST PAS LA PEINE. MA VISITE SERA BRÈVE. JE VIENS SEULEMENT VOUS CONFIER CETTE ENVELOPPE ET VOUS DEMANDER DE SUIVRE LES INSTRUCTIONS QUI SONT ÉCRITES DESSUS.
HUMM ! C'EST ÉTRANGE... C'EST LA PREMIÈRE FOIS QU'ON ME DEMANDE UN TEL SERVICE.
SOYEZ TRANQUILLE. VOTRE ENVELOPPE SERA EN SÉCURITÉ DANS MON COFFRE-FORT.
J'ESPÈRE SEULEMENT N'ÊTRE JAMAIS OBLIGÉ...
à ouvrir en cas où je mourrais de mort violente ou dans des circonstances étranges Thomas Izaguirre
... DE SUIVRE VOS INSTRUCTIONS.
à ouvrir en cas où je mourrais de mort violente ou dans des circonstances étranges Thomas Izaguirre
KLANK !

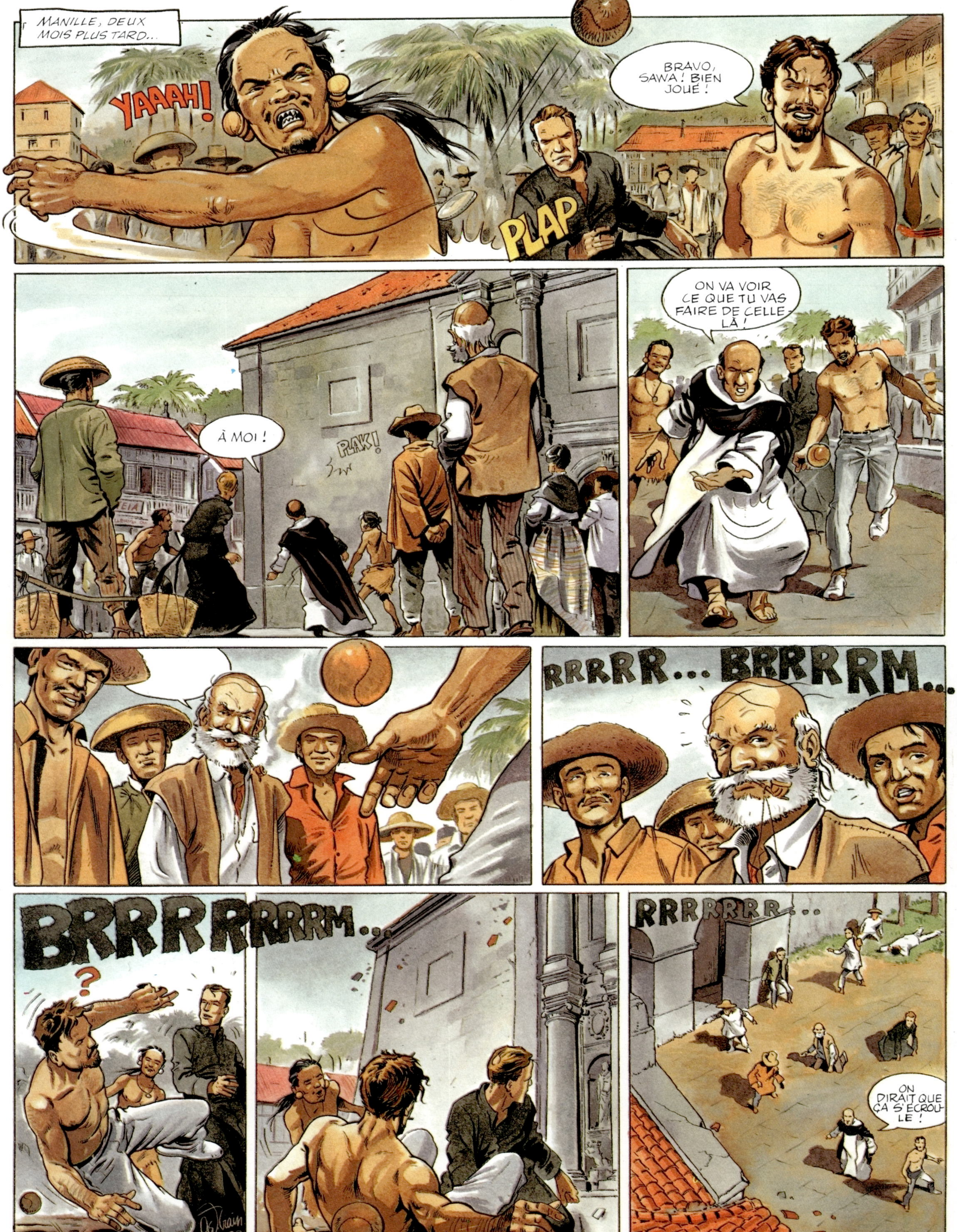
MANILLE, DEUX MOIS PLUS TARD...
YAAAH!
BRAVO, SAWA ! BIEN JOUÉ !
PLAP
À MOI !
PLAK!
ON VA VOIR CE QUE TU VAS FAIRE DE CELLE-LÀ !
RRRRR... BRRRRM...
BRRRRRRRRM...
RRRRRRR...
ON DIRAIT QUE ÇA S'ÉCROULE !

* NOM DONNÉ PAR LES ESPAGNOLS AUX INDIGÈNES INDÉPENDANTISTES.

3B

* AMOK = ÉTAT PSYCHIQUE MENANT À UNE COLÈRE PROCHE DE LA FOLIE.

* SULUNG = VA-T'EN ! DEHORS !

CE SERA POUR UNE DÉPENSE QUI INTÉRESSE TOUT LE MONDE. NOTRE BEL ORGUE QUI EST BIEN VIEUX, A BEAUCOUP SOUFFERT DES TREMBLEMENTS DE TERRE. NOUS ALLONS LE FAIRE RÉPARER.
?
SI J'AGIS AINSI, C'EST QU'IL SE TROUVE TOUJOURS UN RÂLEUR QUI N'EST PAS D'ACCORD. J'AI PRÉFÉRÉ M'EN TENIR AU VIEUX PROVERBE QUI DIT : PAS VU...
VOUS N'AVEZ PAS À ME FOURNIR D'EXPLICATIONS. GARDEZ-LES PLUTÔT POUR ELLE !
QU'EST-CE ... SENSIA ! PETITE GARCE !
APRÈS TOUT, SI ELLE ÉTAIT PRÊTE À OUVRIR LES JAMBES POUR OBTENIR LA GRÂCE DE SON PÈRE, J'ESPÈRE QU'ELLE ACCEPTERA DE TENIR SA LANGUE !
!
BRMMMMMM
BRMMRRRRRRRRRUBRRMKRAK
KRAS

*SANGLEY = MÉTIS D'INDIEN ET DE CHINOIS QUI FAISAIT DU COMMERCE AUX PHILIPPINES. * DALAGA : JEUNE FILLE.

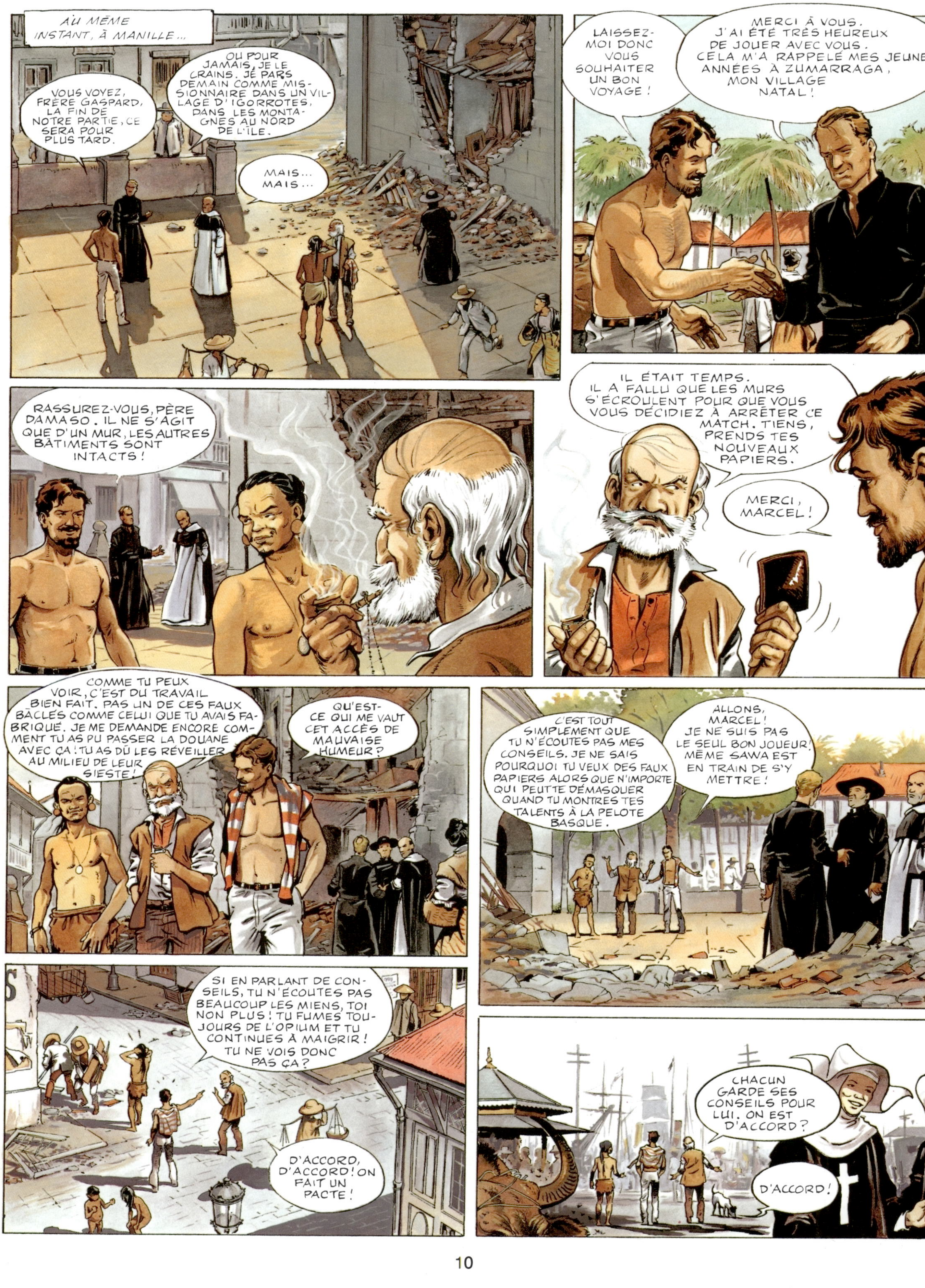
AU MÊME INSTANT, À MANILLE...
VOUS VOYEZ, FRÈRE GASPARD, LA FIN DE NOTRE PARTIE, CE SERA POUR PLUS TARD.
OU POUR JAMAIS, JE LE CRAINS. JE PARS DEMAIN COMME MISSIONNAIRE DANS UN VILLAGE D'IGORROTES, DANS LES MONTAGNES AU NORD DE L'ÎLE.
MAIS... MAIS...
LAISSEZ-MOI DONC VOUS SOUHAITER UN BON VOYAGE !
MERCI À VOUS. J'AI ÉTÉ TRÈS HEUREUX DE JOUER AVEC VOUS. CELA M'A RAPPELÉ MES JEUNES ANNÉES À ZUMARRAGA, MON VILLAGE NATAL !
RASSUREZ-VOUS, PÈRE DAMASO. IL NE S'AGIT QUE D'UN MUR, LES AUTRES BÂTIMENTS SONT INTACTS !
IL ÉTAIT TEMPS. IL A FALLU QUE LES MURS S'ÉCROULENT POUR QUE VOUS VOUS DÉCIDIEZ À ARRÊTER CE MATCH. TIENS, PRENDS TES NOUVEAUX PAPIERS.
MERCI, MARCEL !
COMME TU PEUX VOIR, C'EST DU TRAVAIL BIEN FAIT. PAS UN DE CES FAUX BÂCLÉS COMME CELUI QUE TU AVAIS FABRIQUÉ. JE ME DEMANDE ENCORE COMMENT TU AS PU PASSER LA DOUANE AVEC ÇA ! TU AS DÛ LES RÉVEILLER AU MILIEU DE LEUR SIESTE !
QU'EST-CE QUI ME VAUT CET ACCÈS DE MAUVAISE HUMEUR ?
C'EST TOUT SIMPLEMENT QUE TU N'ÉCOUTES PAS MES CONSEILS. JE NE SAIS POURQUOI TU VEUX DES FAUX PAPIERS ALORS QUE N'IMPORTE QUI PEUT TE DÉMASQUER QUAND TU MONTRES TES TALENTS À LA PELOTE BASQUE.
ALLONS, MARCEL ! JE NE SUIS PAS LE SEUL BON JOUEUR ! MÊME SAWA EST EN TRAIN DE S'Y METTRE !
SI EN PARLANT DE CONSEILS, TU N'ÉCOUTES PAS BEAUCOUP LES MIENS, TOI NON PLUS ! TU FUMES TOUJOURS DE L'OPIUM ET TU CONTINUES À MAIGRIR ! TU NE VOIS DONC PAS ÇA ?
D'ACCORD, D'ACCORD ! ON FAIT UN PACTE !
CHACUN GARDE SES CONSEILS POUR LUI. ON EST D'ACCORD ?
D'ACCORD !

QUELQUES SEMAINES PLUS TARD...
SENSIA !
MAIS... MA CHÉRIE,.. JE PEUX SAVOIR CE QUE TU FAIS À MANILLE ?
ISAGANI ! EH BIEN... TU COMPRENDS... JE SUIS VENUE ...
PERMETTEZ QUE JE ME PRÉSENTE : LORENZO SOTO, DOCTEUR EN MÉDECINE. IL SEMBLE QU'UNE ÉPIDÉMIE S'EST DÉCLARÉE À TIKAYENG ET VOTRE AMIE EST VENUE NOUS PRÉVENIR.
ENCHANTÉ. ISAGANI TANO, DOCTEUR EN DROIT ET FIANCÉ DE SENSIA.
J'AI UNE MAUVAISE NOUVELLE À VOUS ANNONCER. MOI AUSSI J'ALLAIS À TIKAYENG, MAIS LES MACHINES DU BÂTEAU QUI ASSURE LA LIGNE ONT ÉTÉ SABOTÉES CETTE NUIT ET IL FAUDRA DEUX SEMAINES POUR LES RÉPARER.
NOUS LE SAVIONS. NOUS VENONS DE LOUER UNE EMBARCATION.
MONSIEUR SOTO, NOUS POURRIONS L'EMMENER AVEC NOUS ?
HEIN ?.. OUI... OUI, BIEN SÛR. NOUS SERIONS RAVIS QU'IL ACCEPTE DE NOUS ACCOMPAGNER !
JE VOUS REMERCIE SINCÈREMENT. AU FAIT, DE QUELLE ÉPIDÉMIE S'AGIT-IL ?
JE NE POURRAI FAIRE UN DIAGNOSTIC QU'UNE FOIS SUR PLACE, MAIS D'APRÈS CE QUE M'A DIT SENSIA, JE NE SERAIS PAS ÉTONNÉ QUE LE FOYER SOIT SITUÉ DANS L'ÉGLISE. AVEC LES CHALEURS DE MAI, L'EAU DES BÉNITIERS DOIT ÊTRE DEVENUE MALSAINE.
... ET VOUS CONNAISSEZ LA PIÉTÉ QUE LES MOINES ONT INCULQUÉE À NOS VILLAGES... POUR PEU QU'ON AIT UN PEU MAL AU VENTRE, TOUT LE MONDE VA BOIRE DE L'EAU BÉNITE POUR SE PROTÉGER. ET L'ÉPIDÉMIE SE RÉPAND...
ÇA NE M'AMUSE PAS D'AVOIR PASSÉ UN CONTRAT AVEC LE KATIPUNAN. ON VA AVOIR DES ENNUIS !
TIENS, LES VOILÀ !

* PALIOK : POT DE TERRE. KAWALI : POT DE FER.

* TULISANES = BANDITS.

PRENDRE LES ARMES? C'EST VOUS, UN MÉDECIN, QUI DITES CELA? VOUS QUI NE DEVRIEZ SONGER QU'À SOULAGER LES SOUFFRANCES PHYSIQUES DE VOS SEMBLABLES?
COMPARÉES AUX SOUFFRANCES MORALES, LES SOUFFRANCES PHYSIQUES NE SONT RIEN. LA MORT D'UN HOMME NE PÈSE RIEN FACE À LA MORT D'UNE SOCIÉTÉ. JE SERAI PEUT-ÊTRE UN JOUR UN GRAND MÉDECIN, MAIS MON AMBITION ACTUELLE, C'EST DE RENDRE LA VIE À CE PEUPLE ANÉMIQUE.
IL Y A BIEN DES FAÇONS DE RENDRE LA VIE À UN PEUPLE. PAR LA SCIENCE, PAR EXEMPLE. C'EST À QUOI TENDENT LES NATIONS LES PLUS AVANCÉES. AU SEIN D'UNE HUMANITÉ ÉCLAIRÉE, IL N'Y AURA PLUS NI TYRANS NI ESCLAVES. C'EST LE FANATISME QUI S'EXPRIME DANS VOS PROPOS PATRIOTIQUES!
LE PATRIOTISME N'EST UN CRIME QUE CHEZ LES OPPRESSEURS. C'EST AU CONTRAIRE UNE VERTU CHEZ LES OPPRIMÉS. POUR QU'ON ARRIVE À CE STADE IDYLLIQUE DE L'HUMANITÉ QUE VOUS ANNONCEZ, IL FAUDRA VERSER BEAUCOUP DE SANG!
PAS LE VÔTRE, ÉVIDEMMENT! VOTRE ATTITUDE CONSISTE À LAISSER LES AUTRES SE BATTRE POUR VOUS DONNER ENSUITE LE LUXE DE LA CRITIQUE, JUCHÉ SUR LE PIÉDESTAL DE L'INTELLECTUALISME.
JE PRÉFÈRE ARRÊTER LÀ CETTE DISCUSSION. — VIENS, SENSIA! JE NE SAIS COMMENT TU AS CONNU CES GENS MAIS CE N'EST PAS UNE COMPAGNIE POUR TOI.
NON, ISAGANI! JE RESTE AVEC EUX! IL A RAISON. LA VIE DE MON PÈRE DÉPEND DE LA LIBÉRATION DE NOTRE PEUPLE TOUT ENTIER.
JE CROIS BIEN, SIMON, QUE TU N'ES PAS LE SEUL À ÊTRE TOMBÉ SUR UN BEC!

QUELQUES JOURS PLUS TARD...
VOICI TIKÃ-YENG ! TU AS L'INTENTION DE DÉBARQUER "DERRIÈRE ELLE"
QU'EST-CE QUE TU VEUX DIRE ?
RIEN... RIEN... ET NE ME REGARDE PAS COMME ÇA. C'ÉTAIT POUR SAVOIR, VOILÀ TOUT. ÇA NE M'AMUSE PAS DE RESTER DANS CE TROU EN PLEINE ÉPIDÉMIE.
LAISSE TOMBER. DÈS QU'ILS AURONT DÉBARQUÉ, ON RENTRE À MANILLE — JE N'AI JAMAIS ÉTÉ À LA TRAÎNE D'AUCUNE FEMME, JE NE VAIS PAS COMMENCER AUJOURD'HUI.
ÇA C'EST PARLER EN HOMME !
OH, MARCEL ! TON HUMOUR !
SI VOUS NE DESCENDEZ PAS À TERRE, J'AIMERAIS QUE VOUS ATTENDIEZ DEUX HEURES AU CAS OÙ NOUS AURIONS BESOIN DE VOUS.
C'EST D'ACCORD. MAIS PAS QUESTION DE NOUS RAMENER UN MALADE À BORD.
C'EST BIZARRE, IL N'Y A PERSONNE AU DÉBARCADÈRE.
ILS DOIVENT TOUS ÊTRE EN PRIÈRE À L'ÉGLISE. AVEC LES MALADES, À TOUS LES COUPS.

* SOLTADA : COMBAT DE COQS.

PLUS TARD...
SEÑOR SOTO, CE CHINOIS A L'AIR DE VOUS CONNAÎTRE. VOUS AVEZ UNE IDÉE DE CE QUI SE PASSE ?
VOUS VOUS TROMPEZ, SEÑOR TANO. DE TOUT CELA JE NE SAIS RIEN DE PLUS QUE VOUS MÊME.
NE LE CROYEZ PAS ! JE SUIS SÛR QUE LE KATIPUNAN EST DERRIÈRE TOUT CELA ET LUI, IL EN FAIT PARTIE.
LE KATIPUNAN ? J'AURAIS DÛ Y PENSER APRÈS NOTRE DISCUSSION DE L'AUTRE JOUR.
N'ÉCOUTEZ PAS CE VIEUX TIMBRÉ ON DIRAIT UN, DE CES MOINES HYSTÉRIQUES QUI VOIT LE KATIPUNAN PARTOUT !
MAIS CE QUI EST SÛR, C'EST QUE VOUS EN FAITES PARTIE, NON ?
OUI. VOUS POUVEZ AUSSI EN FAIRE PARTIE SI VOUS VOULEZ. NOUS NE SOMMES PAS ENTIÈREMENT D'ACCORD MAIS JE SAIS QUE VOUS ÊTES UN VRAI PATRIOTE.
MERCI DE L'INVITATION ! MAIS JE VOUS AI DÉJÀ DIT QUE JE N'APPRÉCIAIS PAS VOS MÉTHODES.
VOUS ÊTES LIBRE.
APRÈS PLUSIEURS HEURES DE VOYAGE, AU DÉTOUR D'UN MÉANDRE...
?

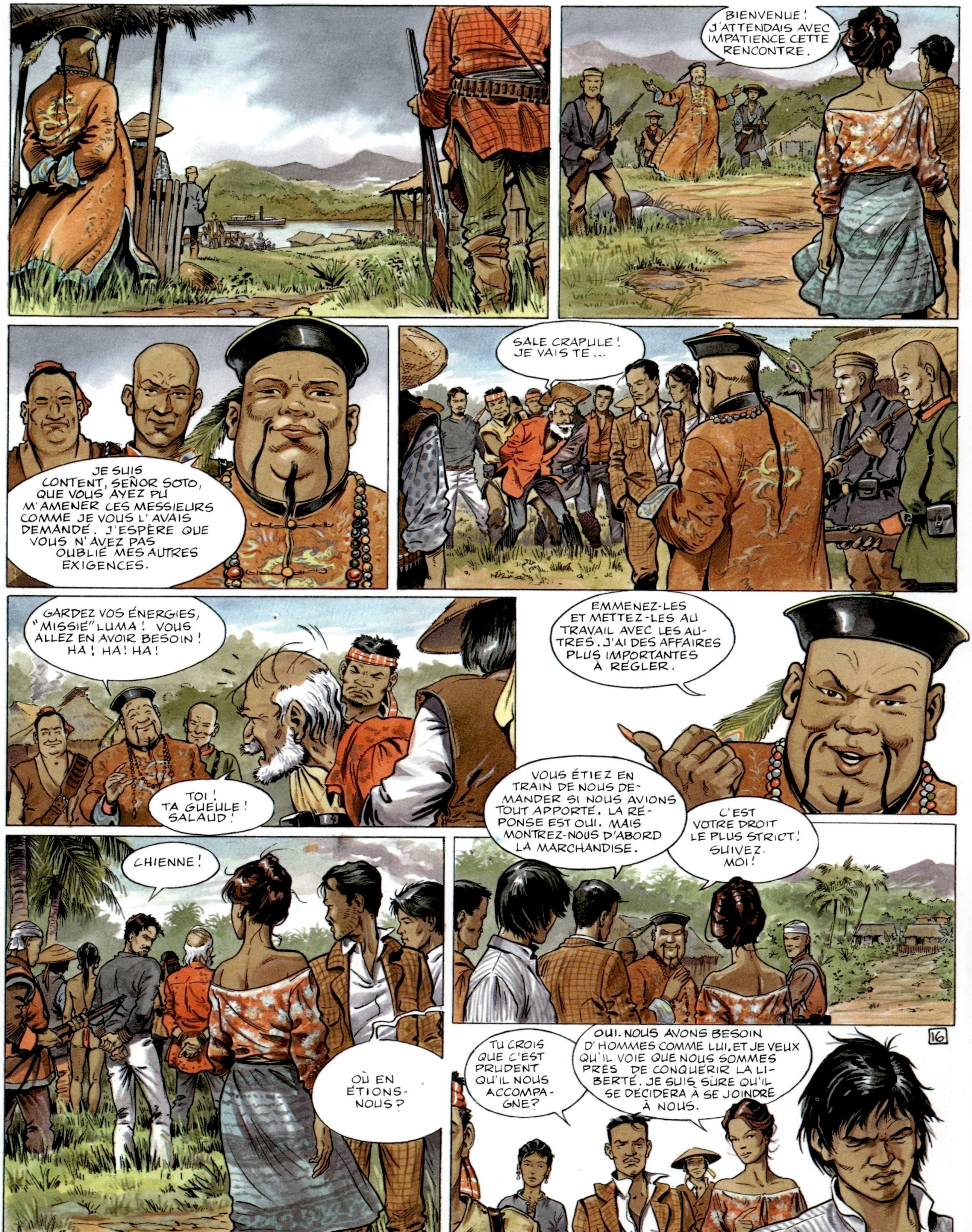
BIENVENUE ! J'ATTENDAIS AVEC IMPATIENCE CETTE RENCONTRE.
JE SUIS CONTENT, SEÑOR SOTO, QUE VOUS AYEZ PU M'AMENER CES MESSIEURS COMME JE VOUS L'AVAIS DEMANDÉ. J'ESPÈRE QUE VOUS N'AVEZ PAS OUBLIÉ MES AUTRES EXIGENCES.
SALE CRAPULE ! JE VAIS TE...
GARDEZ VOS ÉNERGIES, "MISSIE" LUMA ! VOUS ALLEZ EN AVOIR BESOIN ! HA ! HA ! HA !
TOI ! TA GUEULE ! SALAUD !
EMMENEZ-LES ET METTEZ-LES AU TRAVAIL AVEC LES AUTRES. J'AI DES AFFAIRES PLUS IMPORTANTES À RÉGLER.
VOUS ÉTIEZ EN TRAIN DE NOUS DEMANDER SI NOUS AVIONS TOUT APPORTÉ. LA RÉPONSE EST OUI. MAIS MONTREZ-NOUS D'ABORD LA MARCHANDISE.
C'EST VOTRE DROIT LE PLUS STRICT ! SUIVEZ-MOI !
CHIENNE !
OÙ EN ÉTIONS-NOUS ?
TU CROIS QUE C'EST PRUDENT QU'IL NOUS ACCOMPAGNE ?
OUI. NOUS AVONS BESOIN D'HOMMES COMME LUI, ET JE VEUX QU'IL VOIE QUE NOUS SOMMES PRÈS DE CONQUÉRIR LA LIBERTÉ. JE SUIS SÛRE QU'IL SE DÉCIDERA À SE JOINDRE À NOUS.
16

JE SAIS BIEN QUE CE NE SONT PAS MES AFFAIRES MAIS... QU'EST-CE QU'ON FABRIQUE ICI ?
VOUS L'AVEZ DIT : CE NE SONT PAS VOS AFFAIRES. OUVREZ !
POUR CENT-VINGT MILLE PESOS D'EXPLOSIFS !
VOILÀ CE QUE VOUS AVEZ DEMANDÉ !
?
DIEU DU CIEL !!! MAIS... QU'EST-CE QUE VOUS ALLEZ FAIRE DE TOUT ÇA ?
ON VA FAIRE TREMBLER LA TERRE, ISAGANI !
ET CETTE FOIS, CE NE SERA PAS UN CAPRICE DE LA NATURE. ELLE VA TREMBLER AUX BONS ENDROITS : LE PALAIS DE MALAKAN ANG, SOUS LES PIEDS DU GOUVERNEUR, OU DANS LES CASERNES DE SAN GREGORIO, OU DE SAN GABRIEL.
ET AINSI NOUS BRISERONS LA DERNIÈRE CHAÎNE, COMME LE VEUT LA LÉGENDE DE NOTRE PEUPLE !
VOUS ÊTES DEVENU FOU !
EXCUSEZ-MOI DE VOUS INTERROMPRE, MESSIEURS. MAIS JE VOUDRAIS CONCLURE CETTE AFFAIRE AU PLUS VITE !
VOUS AVEZ L'ARGENT ?
BIEN SÛR. PLUS QUE VOUS N'EN ATTENDIEZ MÊME. VOICI 90 000 PESOS PRIS PAR ERREUR À L'UN DE VOS COLLABORATEURS.
NOUS ESPÉRONS PAR CE GESTE CRÉER UN CLIMAT DE CONFIANCE PROPICE À LA POURSUITE DE NOS RELATIONS... QUANT AU PAIEMENT DE LA MARCHANDISE...
OUI ?
...NOUS ALLONS LE FAIRE AVEC UN BILLET DE LOTERIE DE HONG-KONG QUI GAGNE 120 000 PESOS.

HA! HA! HA!
VOTRE AMIE S'EST TROMPÉE DE BILLET! HA! HA! HA! LE BILLET GAGNANT, IL Y A LONGTEMPS QUE NOUS L'AVONS ENCAISSÉ! HA! HA! HA!
? ?
HI! HI! HI!
HA! HA! HA! REGARDEZ CE QUE J'EN FAIT DE VOTRE BILLET!
JE SUPPOSE QUE VOUS N'AVEZ RIEN D'AUTRE À M'OFFRIR. D'AILLEURS, APRÈS CE QUE VOUS AVEZ VU ICI, JE NE PEUX PAS VOUS LAISSER PARTIR.
ET PUIS J'AI BESOIN D'ÉNORMÉMENT DE MAIN-D'ŒUVRE POUR CE QUE JE SUIS EN TRAIN DE FAIRE.
QU'EST-CE QUE VOUS AVEZ L'INTENTION DE...
LÂCHEZ-NOUS! SINON, VOUS LE PAIEREZ CHER! NOTRE ORGANISATION EST PUISSANTE ET VOUS NE NOUS MALTRAITEREZ PAS IMPUNÉMENT.
HA! HA! HA! SANS ARMES ET SANS EXPLOSIFS, PERMETTEZ-MOI D'EN DOUTER!
VOUS ÊTES CONTENT ?
BIEN JOUÉ! AVEC CETTE PRISE, NOUS ALLONS MONTRER AU GOUVERNEUR QUELS PÉRILLEUX COMPLOTS SE TRAMENT AUTOUR DE LA COLONIE. CELA DÉTOURNERA SON ATTENTION DE CE QUE NOUS PRÉPARONS ICI!
C'EST UN COUP PARFAIT. ET SI LA CHANCE CONTINUE À NOUS SOURIRE, NOUS SERONS BIENTÔT TRÈS RICHES!
JE L'ESPÈRE BIEN.
DANS L'APRÈS-MIDI...
LE SALAUD SAIT CE QU'IL FAIT. DANS CES ROSEAUX, LA MORT RÔDE. SI NOUS NE NOUS FAISONS PAS MORDRE PAR UN SERPENT, CE SONT LES FIÈVRES QUI AURONT RAISON DE NOUS
DE QUOI NOUS REMONTER LE MORAL! TU AS UNE IDÉE POUR NOUS TIRER DE LÀ?
PAS ENCORE. AVANT TOUTE TENTATIVE, JE VOUDRAIS SAVOIR CE QUE MANIGANCE SANA-YO-HAN.
ÇA DOIT ÊTRE GROS POUR QU'IL AIT EU L'AUDACE DE S'EMPARER DE LA POPULATION DE TOUT UN VILLAGE.

HUM !.. JE NE CROIS PAS QU'ILS SOIENT PRISONNIERS. ILS DOIVENT PLUTÔT S'ACQUITTER D'UNE CORVÉE. REGARDE LES MOINES !
?
LES ASSOCIÉS DE SANA-YO-HAN, À COUP SÛR ! CE SONT EUX QUI FONT TRAVAILLER CES MALHEUREUX PAYSANS !
MAIS... MAIS... C'EST...
FRÈRE GASPARD ! FRÈRE GASPARD !
TU VOIS ? IL NOUS A RECONNUS !
PAS POSSIBLE !
NE TE FAIS PAS D'ILLUSION. IL NE FERA RIEN POUR NOUS AIDER.
SEÑOR MENDILUZE ! QUE FAITES-VOUS ICI ?
COMME VOUS VOYEZ ! JE PROFITE DE CE DÉLICIEUX CLIMAT, SUR RECOMMANDATION D'UN CERTAIN MÉDECIN !
ET DE SA SŒUR !!
VOUS AVEZ TOUJOURS LE MOT POUR RIRE ! — JE VOIS BIEN QU'ON VOUS SURVEILLE. VOUS N'ÊTES DONC PAS ICI DE VOTRE PLEIN GRÉ...
BRILLANTE DÉDUCTION, MON PÈRE ! VOUS NE DEVIEZ PAS ALLER DANS UN VILLAGE D'IGORROTES ?
!
SPLAS
OUI. J'ÉTAIS EN ROUTE MAIS JE SUIS ARRIVÉ À TIKAYENG QUAND TOUT LE VILLAGE SE PRÉPARAIT À REMONTER LE FLEUVE SOUS LES ORDRES DE SANA-YO-HAN, LE CHINOIS.
ALORS... VOUS ÊTES AUSSI PRISONNIER QUE NOUS, ICI ? VOUS SAVEZ CE QU'ILS SONT EN TRAIN DE FAIRE ?
ILS VEULENT FAIRE UN BARRAGE POUR ASSÉCHER UNE PARTIE DE LA RIVIÈRE. MAIS JE NE SAIS PAS À QUOI ÇA VA SERVIR.
IL M'A DEMANDÉ DE LES ACCOMPAGNER ET DE M'OCCUPER DU PÈRE JERONIMO, LE CURÉ DE TIKAYENG. LE PAUVRE AVAIT SUBI UNE COMMOTION EN RECEVANT DES PIERRES SUR LA TÊTE LORS DU DERNIER TREMBLEMENT DE TERRE. J'AI ACCEPTÉ MAIS JE ME SUIS RENDU COMPTE QUE SI J'AVAIS REFUSÉ, ILS M'AURAIENT EMMENÉ DE FORCE.
SPLAS
19

AAAAAAAAAAAAH!
MON DIEU!
C'EST SAWA!
HÉ! RESTE ICI! OÙ VAS-TU?
LÂCHE-MOI, MARCEL! NOUS DEVONS L'AIDER!
C'EST INUTILE! TU NE PEUX RIEN FAIRE POUR LUI.
MON DIEU! SAWA!
EGO TE ABSOLVO A PECCATIS TUIS IN NOMINE PATRIS ET FILII, ET...
ALLEZ! ALLEZ! ON RENTRE! RETOURNEZ DANS VOS HUTTES! C'EST FINI POUR AUJOURD'HUI!
POURQUOI, MARCEL? POURQUOI TU NE M'AS PAS LAISSÉ L'AIDER?
PARCE QUE TU AURAIS RISQUÉ TA VIE INUTILEMENT. NE T'AFFOLE PAS, SIMON. QUAND J'AI CONNU SAWA, IL ÉTAIT CHASSEUR DE CROCODILES.
MAIS... CET ANIMAL ÉTAIT DANS SON ÉLÉMENT... COMMENT A-T-IL PU...
LES CROCODILES AUSSI PEUVENT SE NOYER. SURTOUT SI ON LEUR MAINTIENT LES MÂCHOIRES OUVERTES AVEC UN BÂTON OU UN BAMBOU.

SAWA !
VITE, "MISSIÉ" ! LIBÉREZ TOUT LE MONDE ET MONTEZ ! JE FAIS LE GUET !
PEU APRÈS...
NE PERDS PAS DE TEMPS, SIMON. MONTE VITE. SI LES GARDES S'APERÇOIVENT DE QUELQUE CHOSE, SAWA AURA BESOIN D'AIDE.
SAWA ! COMME JE SUIS CONTENT QU...
CHUT ! LES GARDES !
EH BIEN, SEÑOR SOTO ! À VOUS MAINTENANT !
21

MERCI...
NE ME DITES PAS MERCI ! SALAUD ! JE NE FRAPPE PAS UN HOMME ATTACHÉ !
PLAF !
QU'EST-CE QUE MARCEL PEUT BIEN FABRIQUER ?
KRAS !
PAF !
?
VITE, SAWA ! IL FAUT INTERVENIR !
POUM
BRAVO, LES GARS !
ENFIN TU TE DÉCIDES À SORTIR !
PAK
DOUM
ALLONS, NE PERDONS PAS DE TEMPS. ALLEZ À LA HUTTE DES FEMMES ET SORTEZ-EN ISABELLE ET SENSIA. PENDANT CE TEMPS-LÀ, NOUS, NOUS IRONS CHERCHER FRÈRE GASPARD
FRÈRE GASPARD ? TU ES FOU ! TU AS CRU LES BOBARDS QU'IL NOUS A DÉBITÉS ?
22
ALLEZ ! FAIS CE QUE JE TE DIS ! ON SE RETROUVE DE L'AUTRE CÔTÉ DU BARRAGE !

ON N'A PLUS QU'À FAIRE CE QU'IL NOUS A DIT. QUAND IL S'EST MIS QUELQUE CHOSE DANS LA TÊTE...
ET LE SEÑOR SOTO ?
T'EN FAIS PAS POUR LUI... IL A PRÉFÉRÉ RESTER.
VOILÀ LA CHAPELLE ! FRÈRE GASPARD A DIT QU'IL ÉTAIT DANS LA HUTTE VOISINE.
VOICI LA HUTTE DES FEMMES. IL N'Y A PAS DE SURVEILLANCE, ON DIRAIT.
À L'EXTÉRIEUR TOUT AU MOINS.
PRÊT ! AIDE-MOI À ATTEINDRE LE TOIT !

FRÈRE GASPARD ! VOUS ÊTES PAR ICI ?
IL N'Y A PERSONNE ICI !
OÙ S'EST-IL FOURRÉ ?
C'EST OUVERT.
OUVRE DOUCEMENT. C'EST TRÈS BIZARRE QU'IL N'Y AIT PAS EU DE SURVEILLANCE DEHORS. IL DOIT Y AVOIR QUELQUE CHOSE DEDANS.
J'AI TOUCHÉ QUELQUE CHOSE.
TOK
LAISSE-MOI VOIR.
C'EST BIEN CE QUE JE PENSAIS. HEUREUSEMENT ELLE DORT.
JE VAIS ESSAYER DE LUI METTRE LA MAIN SUR LA BOUCHE. À MON SIGNAL POUSSE LA PORTE TRÈS FORT.
VAS-Y !
AÏE ! LA GARCE !!!
24

* BETEL : PLANTE AROMATIQUE QUE L'ON MÂCHE.

ATTENDONS QU'IL S'ÉLOIGNE !
IL N'Y A PERSONNE... PROFITONS-EN...
!
?
COMME C'EST BIZARRE... IL N'EST PAS ENDORMI OU ALORS ...
?
!
ATTENTION ! C'EST UN DAHON-PALAY !!
ON EST ARRIVÉ TROP TARD !
26

ALLEZ, PÈRE JERONIMO, ON RENTRE. IL FAUT QUE VOUS VOUS REPOSIEZ.
REGARDE... SIMON !
FRÈRE GASPARD ! JE VOUS CHERCHAIS !
SEÑOR MENDILUCE ! SAWA ! MAIS... QU'EST-CE...
ON VOUS EXPLIQUERA PLUS TARD. ON A RÉUSSI À S'ENFUIR. VENEZ AVEC NOUS.
CE SERAIT AVEC PLAISIR MAIS JE NE PEUX PAS LAISSER CET HOMME TOUT SEUL.
LA NUIT DERNIÈRE IL S'EST LEVÉ. HEUREUSEMENT QUE JE ME SUIS RÉVEILLÉ POUR ALLER À SA RECHERCHE. QUAND JE L'AI RETROUVÉ, IL ALLAIT À LA RIVIÈRE, PEUT-ÊTRE BIEN POUR S'Y JETER...
EH BIEN, QU'IL VIENNE AVEC NOUS ! MAIS PARTONS VITE !
LES VOILÀ !
ON EST TOUS LÀ ?
OUI. CETTE FOIS ON Y VA.
ATTENDEZ ! OÙ EST MON FRÈRE ?
IL A ÉTÉ OBLIGÉ DE RESTER, MADEMOISELLE. ET VOUS POUVEZ NOUS REMERCIER DE VOUS AVOIR LIBÉRÉE. VOUS NE LE MÉRITIEZ VRAIMENT PAS. VOUS POURREZ ALLER DEMANDER DU SECOURS À VOTRE ORGANISATION ET REVENIR LE CHERCHER.
27
VENDU ! SALAUD !
ÇA SUFFIT, ISABELLE ! TU FERAIS MIEUX DE TE TAIRE !
ET TOI, TU LE SAVAIS ? ET TU ÉTAIS D'ACCORD !

PLAS
AH! JE VOIS! TU VOULAIS TE DÉBARRASSER D'UN RIVAL! EH BIEN, C'EST RATÉ! CRAPULE!
SENSIA! JE...
JE VAIS LE CHERCHER!
SENSIA! REVIENS!
DU CALME! ET NE CRIE PAS COMME ÇA! IMBÉCILE!
PANG PANG
PAWNG PAWNG PAWNG
MERDE! ILS NOUS ONT VUS! — FILONS EN VITESSE!
SENSIA...
DU CALME, MON VIEUX... ILS NE LUI FERONT RIEN. ET DÈS QU'ON AURA TROUVÉ DU SECOURS, ON REVIENDRA LA CHERCHER.
ILS NE NOUS SUIVENT PLUS, ON DIRAIT...
AU BOUT DE PLUSIEURS HEURES...
EST-CE QUE QUELQU'UN SAIT VERS OÙ NOUS ALLONS?
NE VOUS FAITES PAS DE SOUCI! SAWA TROUVERA VITE LE CHEMIN DE LA CÔTE.
?
28

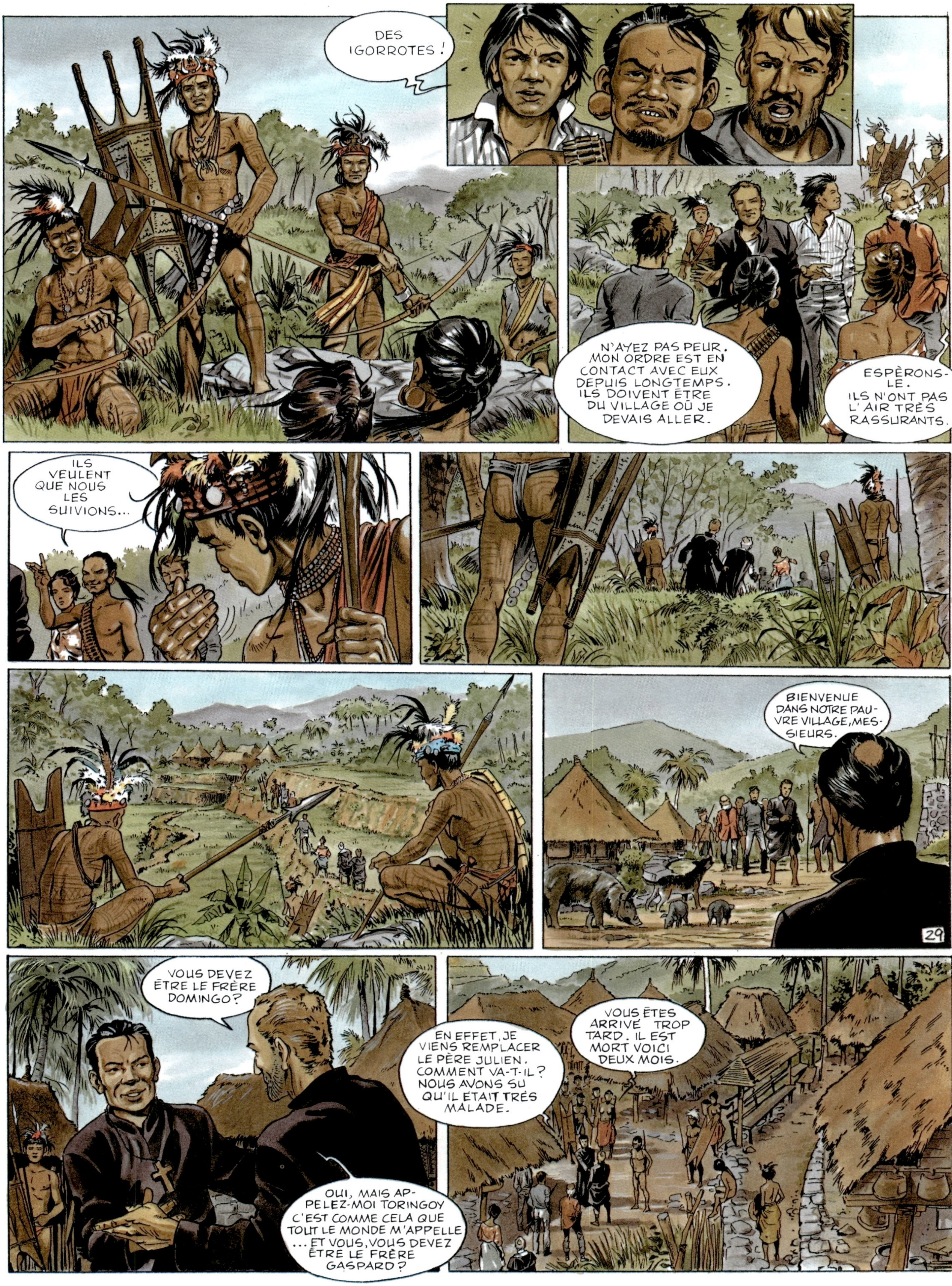
DES IGORROTES !
N'AYEZ PAS PEUR. MON ORDRE EST EN CONTACT AVEC EUX DEPUIS LONGTEMPS. ILS DOIVENT ÊTRE DU VILLAGE OÙ JE DEVAIS ALLER.
ESPÈRONS-LE. ILS N'ONT PAS L'AIR TRÈS RASSURANTS.
ILS VEULENT QUE NOUS LES SUIVIONS...
BIENVENUE DANS NOTRE PAUVRE VILLAGE, MESSIEURS.
29
VOUS DEVEZ ÊTRE LE FRÈRE DOMINGO ?
EN EFFET, JE VIENS REMPLACER LE PÈRE JULIEN. COMMENT VA-T-IL ? NOUS AVONS SU QU'IL ÉTAIT TRÈS MALADE.
VOUS ÊTES ARRIVÉ TROP TARD. IL EST MORT VOICI DEUX MOIS.
OUI, MAIS APPELEZ-MOI TORINGOY C'EST COMME CELA QUE TOUT LE MONDE M'APPELLE ... ET VOUS, VOUS DEVEZ ÊTRE LE FRÈRE GASPARD ?

* L'HISTOIRE EST AUTHENTIQUE.

VOILÀ TOUT CE QU'ENCORE RÉCEMMENT JE SAVAIS DE CETTE HISTOIRE...
UN JOUR, UN CHINOIS OBÈSE, DU NOM DE SANA-YO-HAN, ARRIVA AU VILLAGE. IL DEMANDAIT L'AUTORISATION DE CONSTRUIRE UN BARRAGE EN TERRITOIRE IGORROTE.
ÉVIDEMMENT, JE LUI DEMANDAI LES RAISONS DE CETTE ÉTRANGE ENTREPRISE. AU DÉBUT, IL NE VOULUT PAS RÉPONDRE ET PUIS, VOYANT QU'IL N'OBTENAIT PAS L'AUTORISATION, IL ENTREPRIT DE TOUT ME DIRE.
IL AURAIT TROUVÉ UN DOCUMENT QUI RACONTAIT COMMENT LIMA-HONG ÉTAIT PARVENU À S'ENFUIR EN EMPORTANT AVEC LUI UNE BONNE PART DE SON BUTIN ET QU'EN ERRANT DANS CES MONTAGNES IL AVAIT TROUVÉ UNE RIVIÈRE.
SA PETITE TROUPE ÉTANT EXTÉNUÉE, ILS DÉCIDÈRENT DE CACHER LEUR BUTIN DANS LE LIT DU FLEUVE ET AINSI ALLÉGÉS D'EN SUIVRE LE COURS JUSQU'À LA MER. C'EST AINSI QU'ILS ARRIVÈRENT À TIKAYENG.
SANA-YO-HAN M'ASSURA QUE LE DOCUMENT ÉTAIT SUFFISAMMENT PRÉCIS POUR QU'ON TROUVE LE TRÉSOR. IL M'EN PROMIT UNE PART SI JE LES LAISSAIS CHERCHER. IL VOULAIT QUE LES IGORROTES L'AIDENT COMME IL L'AVAIT OBTENU DES GENS DE TIKAYENG.
JE LUI AI DONNÉ SON AUTORISATION POUR ÉVITER DES DISCUSSIONS ET AVEC L'ESPOIR QU'IL COMPRENNE VITE QUE C'ÉTAIT DE LA FOLIE. MAIS JE NE LE LAISSAI PAS EMBAUCHER LES IGORROTES...
SI L'HISTOIRE EST AUTHENTIQUE ET LE DOCUMENT AUSSI, POURQUOI DITES-VOUS QUE C'EST DE LA FOLIE DE CHERCHER LE TRÉSOR?
PARCE QU'IL FAUT ÊTRE UN CHINOIS CINGLÉ POUR CACHER UN TRÉSOR DANS LE LIT D'UNE RIVIÈRE ET UN AUTRE CHINOIS ENCORE PLUS CINGLÉ POUR ALLER LE RECHERCHER TROIS CENTS ANS PLUS TARD.
VOUS SAVEZ, EN SAISON DE PLUIES, IL PLEUT À TORRENTS. À LA PREMIÈRE PETITE CRUE, LE TRÉSOR AURA ÉTÉ EMPORTÉ À L'AUTRE BOUT DU MONDE.
JE COMPRENDS.
QU'IL Y AIT OU NON UN TRÉSOR, NOTRE DEVOIR EST D'ARRÊTER CE SANA-YO-HAN. VOUS SAVEZ COMMENT ON PEUT ALLER À TIKAYENG OU À UN AUTRE VILLAGE OÙ ON POURRAIT PRÉVENIR LES AUTORITÉS?
31
BIEN SÛR, JE PEUX VOUS ACCOMPAGNER MOI-MÊME. LE MIEUX SERA QUE VOUS VOUS REPOSIEZ CETTE NUIT ET NOUS PARTIRONS DEMAIN.

LE LENDEMAIN MATIN...
TABAC POUR MÂCHER ?
NON, MERCI, JE N'AIME PAS ÇA !
MÂCHER TABAC. APRÈS FROTTER CORPS AVEC SALIVE, COMME ÇA, PAS SANGSUES.
FAIS CE QU'IL TE DIT, SIMON.
BON EH BIEN...
TU VEUX QUE JE TE FROTTE UN PEU, ISABELLE ?
MERCI, JE PRÉFÈRE LES SANGSUES !
SEÑOR MENDILUZE, JE VOUDRAIS VOUS DEMANDER UN SERVICE.
LEQUEL, FRÈRE GASPARD ?
QUAND NOUS SERONS ARRIVÉS À TIKAYENG, JE RENTRERAI AVEC LE PÈRE DOMINGO AU VILLAGE IGORROTE ET JE VOUDRAIS VOUS CONFIER LE PÈRE JERONIMO POUR QUE VOUS LE RAMENIEZ À MANILLE.
FAITES-MOI CONFIANCE, MON PÈRE, JE LE SOIGNERAI COMME UN ENFANT.

QUEL PAYSAGE IMPRESSIONNANT!
ON L'APPELLE LA GORGE DU RIO SECO.
C'EST UNE VIEILLE HISTOIRE... AVANT LA RIVIÈRE COULAIT LÀ. ELLE FAISAIT BEAUCOUP DE BRUIT. LA MONTAGNE N'AIMAIT PAS LE BRUIT. ELLE ÉTAIT FURIEUSE. ELLE A TREMBLÉ ET ELLE TOMBÉE SUR LA RIVIÈRE.
LA RIVIÈRE NE PASSE PLUS ICI. ELLE PASSE LÀ-BAS. ELLE NE FAIT PLUS DE BRUIT.
HISTOIRE INTÉRESSANTE, N'EST-CE PAS, MARCEL?
JE TE CROIS!
DIS-MOI UN PEU... OÙ VA-T-IL LE RIO SECO?
TOUT PRÈS, IL Y A UN CHEMIN. IL VA AU RIO SECO. SI ON SUIT LE RIO SECO...
...ON ARRIVE À TIKA-YENG.
33

LA NUIT SUIVANTE...
REGARDE LE PÈRE JERONIMO ! IL N'EST PAS AUSSI IDIOT QU'IL EN A L'AIR !
JE L'AVAIS DEVINÉ EN VOYANT LA TÊTE QU'IL FAISAIT EN ÉCOUTANT L'HISTOIRE DU RIO SECO.
PAF !
IL FAUT LE RATTRAPER !
?
VITE ! IL NOUS ÉCHAPPE !
34

?
ON NE L'ENTEND PLUS COURIR ! OÙ EST-IL ALLÉ SE FOURRER ?
PAF !
AAAAH !
SAWA !
NON ET DANS CETTE OBSCURITÉ, NOUS NE LE RETROUVERONS PAS.
COMMENT VA-T-IL ?
IL A LA POMMETTE OUVERTE MAIS ÇA N'A PAS L'AIR GRAVE. VOUS VOYEZ TOUJOURS LE PÈRE JERONIMO ?
ALORS IL VAUDRAIT MIEUX RETOURNER AU CAMPEMENT.
LE PIRE MAINTENANT, C'EST QUE SANAYO-HAN NE VA PAS TARDER À SAVOIR QU'IL NE CHERCHE PAS AU BON ENDROIT.
OUI... MAIS PEU IMPORTE !
CHUT ! TAISEZ-VOUS PAR PITIÉ !
QU'Y A-T-IL, SEÑOR TANO ?
ON A DE LA VISITE. VENEZ VOIR AVEC MOI.
?
?
JE VOUS AI VUS SORTIR DU CAMPEMENT ET J'AI DÉCIDÉ DE VOUS SUIVRE. PEU APRÈS ÊTRE ENTRÉ DANS LE SOUS-BOIS J'AI ENTENDU DES VOIX DERRIÈRE MOI. JE ME SUIS RETOURNÉ ET VOILÀ CE QUE J'AI TROUVÉ...
35

LORENZO, SENSIA ET NAIJO! MAIS ... QUI SONT LES AUTRES?
DES TULISANES. LE PÈRE DE SENSIA EST AVEC EUX. IL A DÛ LES REJOINDRE QUAND IL A PRIS LE MAQUIS.
ALLEZ, FRÈRE GASPARD, SI VOUS VOULEZ ÉVITER QUE LE SANG NE COULE, DONNEZ-MOI VITE LE DOCUMENT DE LI-MA-HONG.
QUOI? QU'EST-CE QUE VOUS DITES? JE VOUS JURE QUE JE N'AI JAMAIS VU CE DOCUMENT...
NE MENTEZ PAS! VOUS AVEZ TUÉ SANAYO-HAN POUR LE LUI VOLER. JE VOUS AI VU QUAND VOUS LUI AVEZ OFFERT DU BÉTEL DANS UNE BOÎTE QUI CONTENAIT UN DAHON-PALAY.
MAIS ... C'EST ABSURDE!
VOUS N'AVEZ RIEN VU! JE N'AI JAMAIS COMMIS UNE TELLE MONSTRUOSITÉ! VOUS AVEZ DÛ ME CONFONDRE AVEC QUELQU'UN D'AUTRE! AVEC LE FRÈRE JERONIMO SANS DOUTE! ÇA EXPLIQUERAIT SA DISPARITION CETTE NUIT!
N'INSISTEZ PAS, FRÈRE GASPARD! JE N'AI ÉVIDEMMENT PAS VU VOTRE VISAGE MAIS JE SAIS FAIRE LA DIFFÉRENCE ENTRE L'HABIT D'UN JÉSUITE ET CELUI D'UN DOMINICAIN.
ATTENDS, LORENZO! TU TE TROMPES, J'EN SUIS SÛRE!
QU'EST-CE QUE TU VEUX DIRE?
FRÈRE GASPARD VIENT D'ARRIVER DANS LES ÎLES. IL NE PEUT PAS SAVOIR RECONNAÎTRE UN DAHON PALAY D'UNE FEUILLE DE RIZ.
D'AILLEURS CE N'EST PAS LE SEUL JÉSUITE QUI TRAÎNE PAR ICI
N'EST-CE PAS, PÈRE DOMINGO?
QU'EST-CE QUE VOUS VOULEZ INSINUER?
36
VOUS CONNAISSIEZ SANAYO-HAN ET VOUS SAVIEZ CE QUE CONTENAIT LE DOCUMENT. VOUS CONNAISSIEZ LE COURS DU RIO SECO QUI DESCEND À TIKAYENG, UN ENDROIT PLUS APPROPRIÉ POUR CACHER UN TRÉSOR.
DONC, SI VOUS OBTENIEZ LE DOCUMENT, VOUS SERIEZ LE SEUL À SAVOIR OÙ IL EST ENTERRÉ ET VOUS N'AURIEZ À LE PARTAGER AVEC QUI QUE CE SOIT. PAS VRAI?
ELLE EST FUTÉE CETTE ISABELLE!

EXACT, MAIS ÇA NE VOUS SERVIRA À RIEN DE L'AVOIR DEVINÉ. SI VOUS FAITES UN GESTE CONTRE MOI, MES IGORROTES SE CHARGERONT DE NE LAISSER PERSONNE SORTIR VIVANT DE CES MONTAGNES.
PÈRE DOMINGO ! VOUS AVEZ ÉTÉ CAPABLE DE TUER POUR... ?
OUI, ET JE N'HÉSITERAIS PAS À RECOMMENCER POUR NE PLUS AVOIR À SUPPORTER LA VIE MISÉRABLE QUI A ÉTÉ LA MIENNE JUSQU'À MAINTENANT...
JE SAIS QUE LA VIE D'UN PRÊTRE PEUT ÊTRE DURE PARFOIS, MAIS NOTRE FOI ET LA FORCE DE NOTRE VOCATION NOUS PERMETTENT DE SUPPORTER LES ÉPREUVES.
LA VOCATION? DE QUOI ME PARLEZ-VOUS? J'AI COMMENCÉ À TRAVAILLER TOUT PETIT AU SERVICE DES MOINES ET J'AI VU QU'ILS MENAIENT GRANDE VIE PENDANT QU'ILS ME TRAITAIENT COMME UN CHIEN. J'AI VOULU ME FAIRE MOINE POUR VIVRE COMME EUX.
GRÂCE À LA RECOMMANDATION D'UN DE MES MAÎTRES, JE SUIS ENTRÉ AU SÉMINAIRE. MAIS LÀ-BAS, J'ÉTAIS ENCORE AU SERVICE DE TOUT LE MONDE. TORINGOY, FAIS ÇA! TORINGOY, VIENS ICI! ENFIN ON M'A ORDONNÉ PRÊTRE ET QUAND JE CROYAIS ÊTRE TIRÉ D'AFFAIRE, ON M'A ENVOYÉ DANS CET INFECT VILLAGE D'IGORROTES PERDU DANS LES MONTAGNES.
ALORS QUAND J'AI COMPRIS QUE CE CRÉTIN DE CHINOIS CHERCHAIT AU MAUVAIS ENDROIT, J'AI DÉCIDÉ DE PROFITER DE L'OCCASION QUE M'OFFRAIT LE DESTIN. JE SUIS PRÊT À TOUT CONTRE QUI PRÉTENDRAIT S'INTERPOSER ENTRE LE TRÉSOR ET MOI.
BON... ALORS SI ON PARTAGEAIT ?
POURQUOI JE PARTAGERAIS ?
37
EH BIEN, EN CAS D'AFFRONTEMENT, VOUS N'ÊTES PAS SÛR DE VOUS EN TIRER VIVANT, ET PUIS MÊME, À SUPPOSER QUE VOUS GARDIEZ LE TRÉSOR POUR VOUS TOUT SEUL, VOUS NE POURRIEZ PAS EN JOUIR TOTALEMENT. VOUS SERIEZ OBLIGÉ DE QUITTER LES ÎLES POUR ÉVITER LES QUESTIONS GÊNANTES ET PUIS, MÊME RICHE VOUS SERIEZ TOUJOURS INFÉRIEUR À UN ESPAGNOL.
MAIS SI VOUS PARTAGEZ AVEC NOUS, JE VOUS PROMETS QUE VOUS POURREZ VIVRE COMME UN GRAND SEIGNEUR SUR VOS TERRES, CAR NOUS, AVEC NOTRE PART, NOUS FINANCERONS UN SOULÈVEMENT ET NOUS CHASSERONS TOUS LES ESPAGNOLS DE NOS ÎLES !
ET MÊME, QUAND NOTRE RÉVOLUTION AURA TRIOMPHÉ, VOUS SEREZ UN HÉROS NATIONAL ET UN MEMBRE ÉMINENT DU PREMIER GOUVERNEMENT LIBRE DES PHILIPPINES.

HUM... VOTRE OFFRE EST TENTANTE !
JE VOUS OFFRE LE VRAI POUVOIR. CELUI QUI VOUS DONNERA PLUS DE RICHESSES ET PLUS D'HONNEURS !
D'ACCORD ! J'ACCEPTE !
IL N'Y A PLUS DE TEMPS À PERDRE. IL FAUT TROUVER CE TRÉSOR. LES INDIVIDUS QUI SE SONT ÉCHAPPÉS SONT DANGEREUX ET ILS NE VONT PAS TARDER À ALERTER LES AUTORITÉS !
MERDE ! CES SALAUDS SE SONT DÉJÀ PARTAGÉ LE GÂTEAU ! TU AS UNE IDÉE POUR RÉCUPÉRER QUELQUES MIETTES ?
NON, MARCEL ! ET ON FERAIT MIEUX DE FILER ! QUAND LE PÈRE JERONIMO VA ARRIVER AU CAMPEMENT ET APPRENDRE LA MORT DE SANA-YO-HAN, IL ARRIVERA AUX MÊMES CONCLUSIONS QU'ISABELLE ET ALORS...
...IL RÉUNIRA UN GROUPE ARMÉ POUR RATTRAPER LE PÈRE DOMINGO, QUELQUE PART SUR LE COURS DU RIO SECO. MON DIEU ! IL Y EN AURA DES MORTS À CAUSE DE CES CINGLÉS !
ET MALHEUREUSEMENT NOUS N'Y POUVONS RIEN !
ATTENDS ! JE CROIS QUE JE SAIS CE QU'ON PEUT FAIRE ! C'EST UNE IDÉE QUE J'AI EUE À PROPOS D'AUTRE CHOSE EN TRAVERSANT LE PONT. VOUS M'AIDEREZ ?
OUI... MAIS... JE VOUDRAIS CONNAÎTRE TON PLAN POUR COMMENCER.
SIMON !
BIEN SÛR ! SUIVEZ-MOI ! JE VAIS VOUS EXPLIQUER PENDANT QU'ON IRA AU BARRAGE.
MERDE ! ON VA ENCORE AVOIR PLEIN D'ENNUIS POUR RIEN !
LE LENDEMAIN MATIN...
ALLEZ ! REMUEZ-VOUS !
ON VA ATTENDRE UN PEU QU'ILS S'ÉLOIGNENT. APRÈS J'IRAI PARLER À CEUX QUI SERONT RESTÉS. JE SUIS TOUJOURS LEUR AVOCAT ... ILS ME FERONT CONFIANCE.
ESPÉRONS-LE, MON JEUNE AMI !

PLUS TARD...
PEU APRÈS...
J'ESPÈRE, MARCEL, QUE TU VAS POUVOIR NOUS MONTRER TES VRAIS TALENTS D'ARTIFICIER.
QUI VA LÀ ?
N'AIE PAS PEUR, MAUTANG ! C'EST MOI ! ISAGANI TANO ! AIDE-MOI À RASSEMBLER TOUS CEUX QUI SONT RESTÉS. IL FAUT QUE JE LEUR PARLE.
COMPTE SUR MOI, SIMON. J'AI ÉTÉ ARTIFICIER DANS LA CAMPAGNE DE COCHINCHINE. ÇA FAIT LONGTEMPS MAIS IL Y A DES CHOSES QU'ON N'OUBLIE PAS.
VOUS CROYEZ QU'IL Y EN AURA ASSEZ, SEÑOR LUMA ?
JE CROIS QUE OUI.
39
ISAGANI, VOUS RESTEREZ ICI ET VOUS VEILLEREZ À CE QU'ILS DÉCHARGENT LES EXPLOSIFS AVEC PRÉCAUTION.
APRÈS PLUSIEURS HEURES DE MARCHE LABORIEUSE...

DOUCEMENT ! TOUT DOUCEMENT ...
KRAK !
RESTEZ ICI POUR RÉCEPTIONER LES EXPLOSIFS. JE VAIS CHOISIR LES ENDROITS OÙ POSER LES CHARGES.
SAWA ! SIMON ! — APPORTEZ LES CAISSES PAR ICI !
ALLEZ ! ENCORE UNE !
40
DIS DONC, MARCEL ! ON VA ALLER LOIN COMME ÇA ?
CALME-TOI, SIMON ! CELLE-LÀ, ON VA LA PLACER ICI.
PLUS TARD...
IL N'Y EN A PLUS, MARCEL !
PARFAIT. JE CROIS QU'ON N'EN AURA PAS BESOIN DE PLUS. MAINTENANT IL FAUT PLACER LES MÈCHES.
TU CROIS QUE ÇA VA MARCHER ?
IL Y A ASSEZ D'EXPLOSIFS POUR FAIRE SAUTER LA MOITIÉ DE LA MONTAGNE. MAIS IL Y A UN PROBLÈME.

IL N'Y A PAS ASSEZ DE MÈCHE POUR QUE CELUI QUI L'ALLUME AIT LE TEMPS DE SORTIR D'ICI.
?
J'AI PEUT-ÊTRE UNE IDÉE...
MONTEZ SUR LE PONT ET FAITES CE QUE JE VOUS DIS. — J'ALLUMERAI LA MÈCHE.
PENDANT CE TEMPS, AILLEURS SUR LE RIO SECO...
KRAK!
ÇA Y EST! JE L'AI! JE L'AI TROUVÉ!
MON DIEU! ENFIN! C'EN EST ENFIN TERMINÉ DU JOUG QUI NOUS OPPRIME!
CE N'EN EST QU'UNE PETITE PARTIE. ALLEZ, IL FAUT CONTINUER À CREUSER AUX ALENTOURS.
LÀ! IL Y A D'AUTRES CAISSES!
IL Y EN A QUI SONT UN PEU POURRIES MANIEZ-LES AVEC PRÉCAUTION!
41

C'EST DU BON TRAVAIL, MESSIEURS !
? ?
TIENS ! MAIS C'EST LE PÈRE JERONIMO ! IL A RETROUVÉ SES ESPRITS, ON DIRAIT ! OU BIEN IL EST DEVENU FOU !
ASSEZ PLAISANTÉ, FRÈRE GASPARD ! VOUS COMPRENDREZ QUE NOUS NE POUVIONS PAS VOUS LAISSER ALLER CHEZ LES IGORROTES ET VOUS MÊLER DE NOS NÉGOCIATIONS AVEC CET AMBITIEUX FRÈRE DOMINGO. D'AILLEURS, ÉTANT DONNÉ LA RIVALITÉ QUI EXISTE ENTRE NOS DEUX ORDRES, JE NE VOULAIS PAS COMPROMETTRE LE MIEN EN DÉVOILANT MON RÔLE DANS TOUT CECI. JE CROIS QUE VOUS DEVRIEZ ME REMERCIER DE VOUS AVOIR JOUÉ CETTE PETITE COMÉDIE AU LIEU D'UTILISER LES MÉTHODES DE VOTRE AMI TORINGOY.
CRAPULE ! CETTE FOIS TU NE T'EN SORTIRAS PAS !
JE VOIS ! MAINTENANT QUE JE SAIS TOUT, VOUS ALLEZ POUVOIR LES UTILISER, NON ?
CE SERA INUTILE. APRÈS L'ASSASSINAT DE SANA-YO-HAN ET EN VOUS VOYANT PARMI LES TULISANES ET LES FLIBUSTIERS, JE NE CROIS PAS QUE VOUS SOYEZ LE MIEUX PLACÉ POUR ME JETER LA PIERRE.
CE NE SONT PAS DES PIERRES QUE JE VAIS LUI LANCER, MOI ! SALAUD !
BAN
BANG !
PÈRE !
BANG !
RECULE ! VA-T'EN !
BANG !
MON DIEU ! ARRÊTEZ CE CARNAGE !
ALLEZ, SENSIA ! VIENS TE METTRE À L'ABRI !
AIDE-MOI À L'EMPORTER, JE T'EN PRIE
C'EST INUTILE ! IL EST MORT. VIENS AVEC MOI, SINON ILS T'AURONT, TOI AUSSI !
42

PENDANT CE TEMPS ...
ALLEZ-Y !
LÂCHEZ TOUT !
FRRR..
DONNE-MOI LA MAIN ! VITE !
FILONS VITE !
BAOUM
43

BRRRROOOOO
UMMMMM
BRRRRRRRRRMMMMM...
BRRRRMMMBRRRM
?
QU'EST-CE QUE C'EST QUE CE BRUIT ?
JE NE SAIS PAS MAIS ÇA SE RAPPROCHE. PROFITONS-EN POUR SORTIR D'ICI !
BOURRMMM
VENEZ AVEC NOUS !
NON ! JE N'ABANDONNERAI PAS MON TRESOR !
C'EST DE LA FOLIE !
MMM...
BRRMM...
44

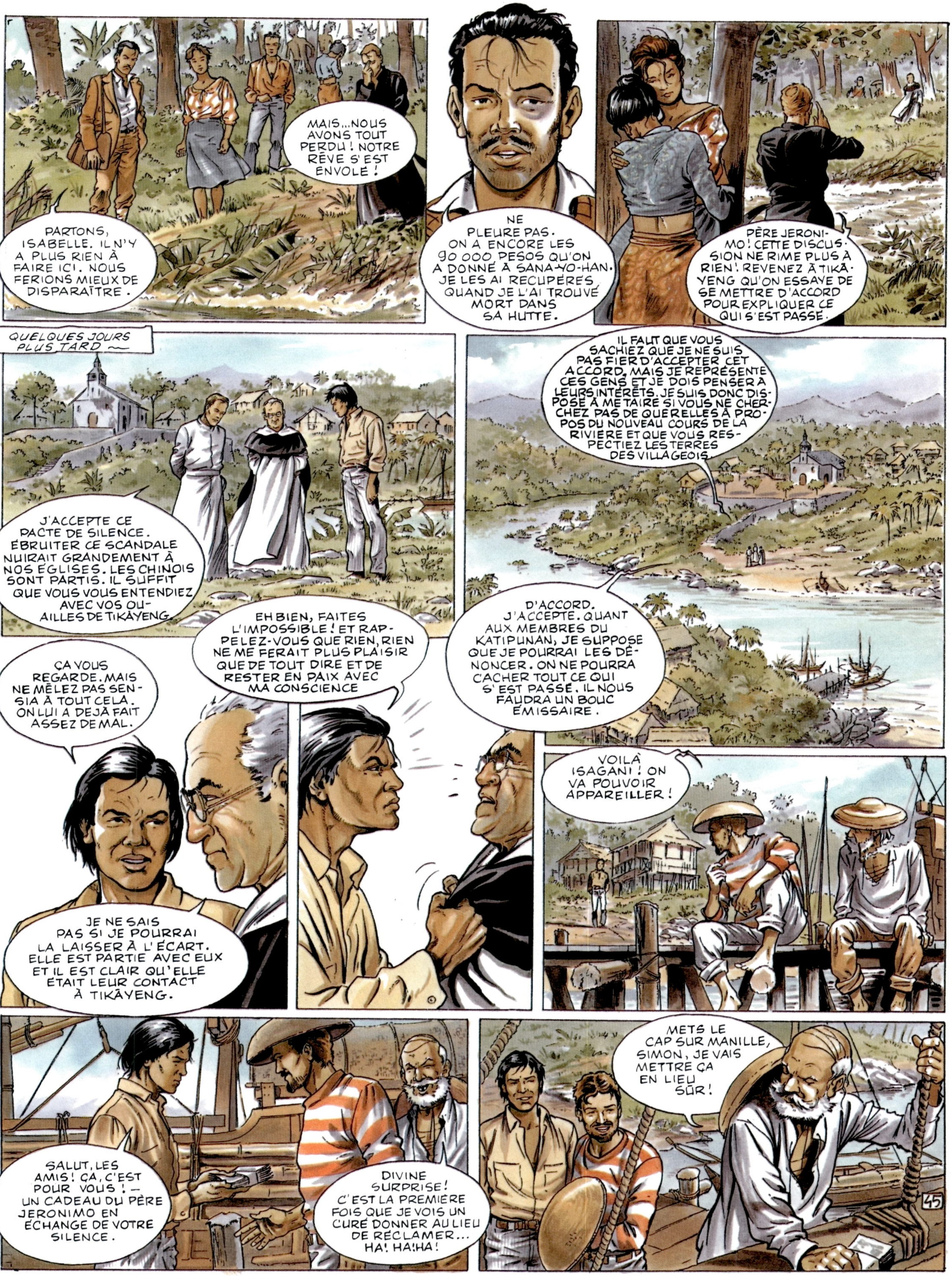

PARTONS, ISABELLE. IL N'Y A PLUS RIEN À FAIRE ICI. NOUS FERIONS MIEUX DE DISPARAÎTRE.
MAIS... NOUS AVONS TOUT PERDU ! NOTRE RÊVE S'EST ENVOLÉ !
NE PLEURE PAS. ON A ENCORE LES 90 000 PESOS QU'ON A DONNÉ À SANA-YO-HAN. JE LES AI RÉCUPÉRÉS QUAND JE L'AI TROUVÉ MORT DANS SA HUTTE.
PÈRE JERONIMO ! CETTE DISCUSSION NE RIME PLUS À RIEN ! REVENEZ À TIKÂYENG QU'ON ESSAYE DE SE METTRE D'ACCORD POUR EXPLIQUER CE QUI S'EST PASSÉ.
QUELQUES JOURS PLUS TARD ~
J'ACCEPTE CE PACTE DE SILENCE. ÉBRUITER CE SCANDALE NUIRAIT GRANDEMENT À NOS ÉGLISES. LES CHINOIS SONT PARTIS. IL SUFFIT QUE VOUS VOUS ENTENDIEZ AVEC VOS OUAILLES DE TIKÂYENG.
IL FAUT QUE VOUS SACHIEZ QUE JE NE SUIS PAS FIER D'ACCEPTER CET ACCORD, MAIS JE REPRÉSENTE CES GENS ET JE DOIS PENSER À LEURS INTÉRÊTS. JE SUIS DONC DISPOSÉ À ME TAIRE SI VOUS NE CHERCHEZ PAS DE QUERELLES À PROPOS DU NOUVEAU COURS DE LA RIVIÈRE ET QUE VOUS RESPECTIEZ LES TERRES DES VILLAGEOIS.
D'ACCORD. J'ACCEPTE. QUANT AUX MEMBRES DU KATIPUNAN, JE SUPPOSE QUE JE POURRAI LES DÉNONCER. ON NE POURRA CACHER TOUT CE QUI S'EST PASSÉ. IL NOUS FAUDRA UN BOUC ÉMISSAIRE.
ÇA VOUS REGARDE. MAIS NE MÊLEZ PAS SENSIA À TOUT CELA. ON LUI A DÉJÀ FAIT ASSEZ DE MAL.
JE NE SAIS PAS SI JE POURRAI LA LAISSER À L'ÉCART. ELLE EST PARTIE AVEC EUX ET IL EST CLAIR QU'ELLE ÉTAIT LEUR CONTACT À TIKÂYENG.
EH BIEN, FAITES L'IMPOSSIBLE ! ET RAPPELEZ-VOUS QUE RIEN, RIEN NE ME FERAIT PLUS PLAISIR QUE DE TOUT DIRE ET DE RESTER EN PAIX AVEC MA CONSCIENCE
VOILÀ ISAGANI ! ON VA POUVOIR APPAREILLER !
SALUT, LES AMIS ! ÇA, C'EST POUR VOUS ! – UN CADEAU DU PÈRE JERONIMO EN ÉCHANGE DE VOTRE SILENCE.
DIVINE SURPRISE ! C'EST LA PREMIÈRE FOIS QUE JE VOIS UN CURÉ DONNER AU LIEU DE RÉCLAMER... HA ! HA ! HA !
METS LE CAP SUR MANILLE, SIMON, JE VAIS METTRE ÇA EN LIEU SÛR !

EH ! SIMON ! TU VEUX BIEN METTRE LE CAP SUR HONG-KONG !
?
NOUS AVONS DES AMIS QUI NOUS LE DEMANDENT SI GENTIMENT !
SENSIA ! GRÂCE AU CIEL ! TU ES SAINE ET SAUVE !
JE REGRETTE POUR TON PÈRE, SENSIA... SI TU VEUX, TU PEUX VENIR AVEC MOI À MANILLE. TU N'AS PAS BESOIN D'ALLER TE CACHER À HONG-KONG. JE ME SUIS ARRANGÉ POUR QU'ON NE PARLE PAS DE TES LIENS AVEC LE KATIPUNAN.
TU DIS QUE TU T'ES ARRANGÉ ?
ESPÈCE D'IMBÉCILE ! TOUT CE QUE TU AS RÉUSSI À FAIRE, C'EST DE PERDRE POUR TOUJOURS CETTE FORTUNE FABULEUSE ET, AVEC ELLE, UNE CHANCE FORMIDABLE DE LIBÉRER NOTRE PEUPLE.
NON ! J'AI RÉUSSI À ÉVITER QU'ON VERSE DU SANG INUTILE, COMME CELUI DE TON PÈRE, ET LES GENS DE TIKAYENG ONT RÉCUPÉRÉ LEURS TERRES.
OUI, TU T'ES AMUSÉ À DÉFAIRE UN PETIT NOEUD AU LIEU DE LUTTER POUR BRISER LA CHAÎNE QUI NOUS TIENT EN ESCLAVAGE.
MES OBJECTIFS PEUVENT TE PARAÎTRE INSIGNIFIANTS, MAIS AU MOINS JE LES ATTEINS SANS SACRIFIER DE VIES INNOCENTES.
JE COMPRENDS. POUR TOI L'IMPORTANT CE N'EST PAS CE QU'ON OBTIENT, MAIS COMMENT ON L'OBTIENT. TU N'AURAS PAS TOUJOURS UN COURS D'EAU À DÉVIER POUR RÉSOUDRE TES PROBLÈMES.
EH BIEN ! ÇA PROMET ! — TU PARLES D'UN VOYAGE !